Anna Karenina

Mein Brief an Putin

zum Fliegen geboren

Ma Power

FSC
www.fsc.org
MIX
Papier aus verantwortungsvollen Quellen
Paper from responsible sources
FSC® C105338

Herstellung und Verlag:
BoD – Books on Demand, Norderstedt

Bibliografische Information der Deutschen Nationalbibliothek: Die Deutsche Nationalbibliothek verzeichnet diese Publikation in der Deutschen Nationalbibliografie; detaillierte bibliografische Daten sind im Internet über http://dnb.dnb.de abrufbar.

Font set from Palatino and Lato.

ISBN: 978-3-7597-0656-0

Gewidmet:

Dem Leben in seiner unendlichen Vielfalt und Schönheit.

Auf dass ein Jeder jedes Leben schützen möge.

INHALT

Am Anfang gab es nur
das Leben.

Das Leben war einfach.
Das Leben war licht.

Der Mensch entwickelte sich.
Suchte neue Herausforderungen.

Vorwort

Sehr geehrter Wladimir Wladimirowitsch.
Ich wollte Ihnen einen Brief schreiben,
stattdessen schrieb ich ein Buch:
Mein Jahr mit Putin

Ich wollte Ihnen das Buch schicken. Doch angesichts der Ereignisse in der Crocus City Hall scheint das Buch nichtig. Und doch wichtig.

Ich wollte Ihnen einen Brief schreiben,
stattdessen schreibe ich ein Buch:
Mein Brief an Putin

In tiefer Anteilnahme.
Aufrichtig Anna K.

FKT, Fond Konzeptueller Technologien
https://fktdeutsch.wordpress.com/2024/03/29/terroranschlag-in-moskau/

Es geht nicht um Nationalisten. Es geht nicht darum, sein Land oder Volk abzugrenzen oder zu verteidigen.

Es geht auch nicht um Geopolitik. Bestenfalls in dem Sinne, um mit zusätzlichen Ressourcen seinen eigenen Hass weiter zu befeuern.

Wer steht also an der Spitze dieses Hasses?
Das ist kein Land, kein Volk. Bestenfalls dienen Staaten an der Spitze dazu, sich ihrer Ressourcen für sein Eigenes zu bedienen.

Wer also steht an der Spitze dieses Hasses? Und was sind seine Beweggründe?

Was verkörpert Russland? Was verkörpert das russische Volk?

Was ist es, was diesen Hass schon seit Jahrzehnten, Jahrhunderten, Jahrtausenden am lodern hält?

Und soll nur das russische ausgelöscht werden?

FKT:
Es sei zu bedenken, dass im Rahmen des zur Zeit herrschenden Globalisierungskonzepts eine Existenz von eigenständigen Völkern nirgendwo auf der Welt vorgesehen ist.

Widerstand gegen dieses Konzept kann nur gemäß dem nachstehenden Prinzip erfolgen:
"Hilf dir selbst - sonst hilft dir keiner."

Wir befinden uns hier an einem Scheideweg:

Entweder werden die Völker dieser Erde eine Welt für alle Völker und Länder aufbauen, in dem sie ihr eigenes Globalisierungskonzept präsentieren;

oder sie beenden ihr Dasein, in der Annahme, dass ein einzelner Mensch keinerlei Einfluss auf die Steuerung der Welt ausüben kann.

Die Welt teilte sich.

Die Einen wollten weiter
in einer lichtvollen Welt leben.

Andere wollten neues
ausprobieren. Probierten
die Dunkelheit.

1. Kapitel

Meine Rückkehr aus Russland war eine einzige Katastrophe. Ich war nicht mehr ich. Es war, als hätte ein Teil in mir aufgehört zu sein. Ich fühlte mich fremd in mir. Fremd in dieser Welt.

Ich versuchte Alltag, die ganz normalen täglichen Dinge. Aber ich fand einfach keinen Tritt mehr. Entweder überdrehte ich völlig, wollte flüchten. Oder ich brach zusammen.

An manchen Tagen arbeitete ich bis zum Umfallen. An anderen kam ich nicht aus dem Bett.

An manchen Tagen konnte ich kaum essen. An anderen stopfte ich wie getrieben in mich rein, nur um anschließend zu erbrechen.

Ich verlor jegliches Maß. Nach Wochen der Zusammenbruch. Medikamente, Dämmerzustand, ruhig gestellt. Nicht die beste Option. Aber sie verlangsamte meine Abwärtsspirale.

Eine Freundin kümmerte sich um mich. Half mir, wieder Boden unter den Füßen zu bekommen. Aber beim Eigentlichen konnte auch sie mir nicht helfen.

Das müsste ich selber angehen. Wenn ich wieder mehr ich selbst wäre.

***

Seitdem meide ich alles, was mich größeren Gefühlsschwankungen aussetzt. Auch tiefergehende Meditationen.

Ich meide Menschen. Sie können nicht nachvollziehen, was mich eigentlich bewegt.

Es ist ein wenig wie damals, als mein Söhnchen ging. Und ich zum ersten Mal erfuhr, wie verletzend die Menschen im Allgemeinen sind.

Nicht weil sie bösartig waren. Sondern weil ich so unendlich empfindsam, offen war. Fast jedes Wort war zu grob. Wie Schmirgel auf der Haut.

Nur wenige konnten mit mir schweigen. Noch weniger mich weinen lassen.

***

Was bewegt Menschen, die andere terrorisieren? Was geht in Menschen vor, die den Tod Unschuldiger für selbstverständlich erachten? Gibt es in ihren Augen Unschuldige?

Wenn es in ihren Augen keine Unschuldigen gäbe, welcher Schuld hätten diese sich schuldig gemacht?

Auf welcher Bewusstseinsebene ist das Schuldkonzept verankert? Auf welcher Bewusstseinsebene ist jemand verankert, der Unbekannte für schuldig verurteilt?

Wie glücklich, zufrieden bin ich, wenn ich mich auf die Ebene des Schuldkonzeptes begebe?

Im Laufe von Äonen
entstanden unendlich viele
Welten.

Die Menschen
vergaßen immer mehr,
dass alles nur ein endloses
Spiel war.

2. Kapitel

Ich hatte mich mehr und mehr in einem Leben eingerichtet, das keine all zu großen Höhen oder Tiefen mehr hatte.

Ich war zu einem gewissen Maß an Normalität zurückgekehrt. Mein Leben war wieder lebbar. Nicht unbedingt lebenswert. Es war noch immer ein überleben.

Dann kam das Putin-Interview mit Tucker Carlson. Der Brief. Das Buch. Und dann flog mir mein kleines, lebbares Leben um die Ohren.

Ich hatte mich davor gedrückt, das Eigentliche anzugehen. Ich wollte nicht. Doch jetzt blieb mir keine Wahl mehr.

***

Es gab eine Zeit, da hatte ich gelernt, Verletzungen zu heilen. Und ich heilte viele viele Verletzungen in mir.

Und trotz dass jede folgende Verletzung mich immer tiefer führte, eine immer tiefere, grundlegendere, schmerzhaftere Verletzung war; begrüßte ich den Schmerz. Da jede Heilung mich heiler machte. Mich tiefer in mich selbst eintauchen ließ.

Und dann öffnete sich mir eine völlig neue Ebene. Und erstmals hatte ich nicht mehr dieses Gefühl von Suche, von Heimweh.

Ich hatte erstmals das Gefühl, von meiner grundlegendsten Verletzung geheilt worden zu sein.

***

Mein Leben schien mich stets auf den nächsten Schritt, die nächste Erkenntnis, das nächste "Level" vorzubereiten.

Aber auf das kommende war ich nicht vorbereitet: Ich begegnete Putin.

Dem Politiker zu begegnen war beeindruckend. Aber viel beeindruckender war, dem Mensch auf dieser Ebene zu begegnen.

Für mich war diese Ebene noch ganz neu. Und so viel lichter als alles, was ich vorher betreten hatte.

Und so schön, so lichtvoll mein Weg bis dahin war; war er doch eher einsam. Wenige mit denen ich kommunikativ teilen konnte.

Und jetzt: wir teilten nicht kommunikativ, wir teilten unmittelbare, gemeinsame Erfahrung.

Der Himmel auf Erden.

Die Welten verhärteten.

Die Menschen kämpften
mehr und mehr.
Das Leben verlor seine
Leichtigkeit.

Das Zeitalter der Kriege
begann.

3. Kapitel

Wer sind diese Menschen, die unser aller Leben hinter den Kulissen steuern? Und warum fahren sie -laut FKT- die Menschheit immer wieder an die Wand?

Wie glücklich kann ein Mensch sein, der alle Macht der Welt hat? Macht Macht glücklich?

Habe ich Macht? Will ich Macht haben?

Macht bedeutet die Ohnmacht eines Anderen. Macht bedeutet Verantwortung.

***

Das Leid, die Trauer, der Schmerz. Es ist so sinnlos. Wie unmenschlich muss man sein, um bewusst eine solche Tat zu begehen? Um bewusst eine solche Tat zu planen?

Was macht das Menschsein aus? Was muss passiert sein, um zu solchen Taten fähig zu sein?

"Gott spielen", über Leben und Tod anderer bestimmen.

Spielt Gott mit dem Leben oder Tod der Menschen? Oder ist es der Gegenspieler Gottes?

Wenn ich diesen Menschen ihre Familie nehmen würde, würden sie das mit genau der gleichen Selbstverständlichkeit hinnehmen, wie sie den Tod ihnen Unbekannter hinnehmen?

Oder erachten sie ihr Leben, das Leben ihrer Familien für höherwertiger? Das Leben Unbekannter als entbehrlich?

***

Im Laufe der Jahre heilte ich immer mehr. Es gab Zeiten, da war ich kaum noch handlungsfähig, weil ich so offen und empfindsam war.

Ich musste mir eine gewisse "Robustheit" zulegen. Die ich überstreife wie einen Mantel, bevor ich der Welt im Außen begegne.

Im Prinzip habe ich ähnliches schon früher gemacht, unbewusst. Es ist dieses "Zusammenreißen", bevor wir das Haus verlassen, oder eine unangenehme Situation betreten.

Doch je mehr ich heilte, desto mehr verlor ich diesen Automatismus. Heute erinnert mich Schmerz, unmittelbare Grobheit an meine Ungeschütztheit.

Früher waren da all die Verletzungen, die unmittelbar unter der Oberfläche lauerten. Da war diese permanente Angst vor erneuter Verletzung.

Heute ist nur der unmittelbare Schmerz, das Schmirgel. Der Schmerz scheint ähnlich und doch anders. Da ist keine Angst mehr.

Und da meine Arbeit häufig in Abwesenheit anderer Menschen passiert, brauche ich auch dort keinen Mantel.

Als Putin das erste Mal an mich ran trat.

Die Menschen versanken in Dunkelheit.

Und je mehr sie in Dunkelheit versanken,
desto mehr vergaßen sie das Licht.

Allen voran die Führer dieser Welten.

4. Kapitel

Mein Erfahrungswert mit Menschen ist: dass egal wie zartfühlend sie sich glauben, fast alle unglaublich grob sind.

Und wenn ein Fremder an mich tritt, gab es bisher IMMER Schwellen zwischen seiner und meiner Welt. Anders bei Putin.

Je mehr ich mich in die damalige Situation wieder reinbegebe, desto unglaublicher kommt mir das alles vor.

Selbst ich, mit meiner großen Empfindsamkeit würde nicht glauben, dass ich fein genug wäre, mich schwellenlos jemand anderem zu nähren.

***

Schwelle: Mein Tag war unglaublich. Mein Chef hat mich in den höchsten Tönen gelobt. Dein Tag war nicht so toll. Erst Ärger mit dem Chef, dann Beinahe-Unfall auf dem Heimweg. Zuhause treffen unsre Welten aufeinander.

Anderes Beispiel: Wir sind beide an unsrer Urlaubsplanung. Ich versuche im Internet unsre Zimmerreservierungen, doch nichts klappt. Ich bin frustriert. Du suchst innerhalb unsrer Ziele romantische Restaurants und bist begeistert.

***

Es ist mir noch immer unbegreiflich, wie jemand so feinfühlig, so empathisch sein kann, um mir schwellenlos zu begegnen.

Und doch beginnt genau damit unsre erste Begegnung. Da war kein grob, kein Schmirgel. Am ehesten: eine Erweiterung meiner selbst.

Wie lange muss man sich kennen, um sich einander zu öffnen? Früher, in Angst, hätte ich die Frage noch beantwortet.

Heute stellt sich mir die Frage gar nicht mehr. Mit dem Gehn unsres Söhnchens hat sich meine ganze Welt verändert.

Wir saßen da mit all unsrer Trauer, Verzweiflung und dieser alles verschlingenden Dunkelheit.

Mit all den unerfüllten Hoffnungen, und den unzähligen aufploppenden Verletzungen.

Vorher konnte man noch die eine oder andere Verletzung zupflastern. Aber jetzt ploppten unendlich viele gleichzeitig auf.

Wir begannen zu heilen. Und blieben zurück unendlich offen, unendlich berührbar.

Vorher waren wir, jeder für sich, eingeschlossen in seine Ängste und Verletzungen. Haben uns verschlossen. Unberührbar gemacht.

Und so grob und schmirgel all das neue war, wollten wir doch nie wieder unberührbar sein.

Wie lange muss man sich kennen, um sich einander zu öffnen? Das ist nicht die Frage.

Die Frage ist: Wieviel Grobheit gestehe ich dir zu, bevor ich mich vor dir verschließe.

Und jetzt stand Putin vor mir, ein völlig Fremder, der mir nicht die geringste Grobheit entgegenbrachte.

Und doch gab es in allen Zeiten,
in allen Welten Menschen,
die nie das Licht vergaßen,
es stets von neuem entdeckten.

Sie waren mein Gedächtnis.

5. Kapitel

Aus welcher Welt, aus welcher Energie muss jemand kommen, der bewusst Terror verbreitet?

Was ist Terror? Hass in Aktion.

Was ist Hass?
Die Ablehnung eines Teils seiner selbst oder der schmerzliche Verlust eines Teils seiner selbst.

Wenn also ein russisch Geborener alles russische ablehnt, alles russische vernichten will, wäre es dann nicht das einfachste, sich selbst zu vernichten?

Weil selbst wenn zuerst das wahre russische vernichtet würde. Die Hass-Getriebenen an der Spitze würden zum Schluss ALLES russische vernichten. Erst mit Hilfe der Verräter das wahre russische. Dann die russischen Verräter.

Würde der russisch Geborene sich selbst vernichten, hätte er das russische in sich vernichtet, seinen Hass vernichtet, seine gesamte innere Zerrissenheit vernichtet.

Ist der russisch Geborene letztendlich auch nur ein Mitläufer, ein Verirrter, ein Entbehrlicher; so wie die Attentäter vor Ort? Die für die Spitze nicht mehr als abgefeuerte Patronen darstelln?

Und nochmal die Frage: Was treibt den Hass-Getriebenen an der Spitze an?

Was lehnt er an sich selbst derart ab, dass er es in anderen bekämpfen will? Oder

Was will er in anderen bekämpfen, was er in sich selbst schmerzlich vermisst?

Wäre die Antwort: Gott?

Er lehnt Gott in sich ab, weil er ebenfalls ein von Gott erschaffenes Geschöpf ist?

Er vermisst Gott schmerzlich in sich, weil Gott vor lauter Dunkelheit in ihm für ihn nicht erfahrbar ist?

***

Trauer gibt uns einen kleinen Einblick in Dunkelheit. Und doch ist diese Dunkelheit, so dunkel sie erscheinen mag nichts, im Vergleich zu hasserfüllter Dunkelheit.

Trauer, so tief und alles verzehrend sie zeitweise ist, bringt Erstarrung und damit eine gewisse Ruhe.

Hass peitscht auf, treibt voran, treibt immer tiefer in die Hölle. In die selbst gemachte Hölle.

Wogegen Trauer abweinen kann, heilen kann. Man mit Narben auf der Seele wieder auftauchen kann.

Es ist nicht leicht, seine Liebsten zu betrauern. Und noch schwerer, wenn sie durch pure Gewalt ums Leben kamen.

Doch wenn wir uns dem Hass hingeben, verlieren auch wir unser Leben. Der Hass-Getriebene lebt nicht. Er hasst, was den Mensch zum Mensch macht.

Ich, mein Licht,
ist euer Gewissen.

Ich ließ euch alle Zeit,
euch in all den Möglichkeiten
zu erproben.

6. Kapitel

Berührbar. In der Anfangszeit, nach Söhnchens Gehn, warn Menschen kaum aushaltbar.

Überhaupt war unerklärlich, wie sich die Welt einfach weiterdrehen konnte. Unsre Welt hatte brutal gestoppt. Wie konnten alle anderen so tun, als wäre nichts geschehn?

Und doch kam der Punkt, wo wir nur noch dankbar waren, diese wunderschöne, so unendlich kurze Zeit mit unsrem Söhnchen gehabt zu haben.

Er hatte uns ein Geschenk gemacht. Er hatte uns eine Welt eröffnet, die wir ohne ihn und ohne sein Gehn nicht betreten hätten.

Wir hatten uns sein Gehn nicht gewünscht. Doch irgendwann konnten wir es in Dankbarkeit annehmen.

Schmerz ist so unendlich schmerzhaft. Und doch ist es der Schmerz, der uns reifen lässt.

Der uns weiser werden lässt.

Seitdem ist viel Zeit vergangen. Am Anfang gab es kein Augenblick, an dem ich nicht an ihn dachte. Doch dann gab es plötzlich Momente, wo ich nicht an ihn gedacht hatte. Und diese Momente wurden immer größer.

Heute denke ich nur noch selten an ihn. Und doch ist er steter Hintergrund meines Lebens.

***

Wen haben die Hass-Getriebenen verloren? Haben sie sich selbst verloren? Sind sie verloren in ihrem Hass? Endlos gefangen in ihrer eigenen Hölle?

Sind sie berührbar? Wurden sie je berührt?

So schmerzhaft jedes Grob, jedes Schmirgel auch ist. Offen zu sein ist so lebendig. Damals, verschlossen, es war wie tot, so nicht-lebendig.

***

Warum hat mich Russland und unsre Begegnungen so aus dem Tritt gebracht?

Man kann körperlich verschmelzen. Wobei man das Gefühl hat sich aufzulösen.

Man kann auch einfach nur miteinander schlafen. Das ist vermutlich angenehm, aber nicht so zutiefst berührend.

Man kann sich seelisch berühren. Was ich bisher als das höchst Mögliche erfahren hatte.

Und man kann seelisch verschmelzen. Ein noch anderes Auflösen. Eine noch so viel tiefer gehende Erfahrung. Ich wurde auf einer Ebene berührt, von der ich bisher nicht mal wusste, dass es sie gibt.

Wenn man keine Angst mehr hat. Keine Geheimnisse mehr hat. Nichts mehr verbirgt. Sondern einfach nur offen.

Man kann den andern nicht lesen. Und doch wird der andere völlig transparent, durchlässig.

Und man hört auf zwei getrennte Seelen zu sein

Doch es ist Zeit
euch zu erinnern.

Zu erinnern,
wer ihr wirklich seid.

Heimzukehren.
Zu dem, was ihr wahrhaft seid.

7. Kapitel

Ich weine. Ich weiß nicht, was schlimmer ist. Diese Erfahrung zu machen und danach ohne. Oder diese Erfahrung nie gemacht zu haben.

Aber diese Frage stellt sich nicht wirklich. Meine Erfahrungen der letzten Jahre sind: wenn ich so weit bin, kommt die Erfahrung.

Und um es ganz klar zu sagen: Wir haben uns nie berührt. Ich nehme seit Jahren Abstand von sämtlichen körperlichen Berührungen, inklusive Hände schütteln.

Was also bringt mich so aus dem Tritt?

***

Je tiefer ich im Laufe der Jahre in mich tauchte, desto mehr hatte ich das Gefühl, immer mehr in mir selbst, in dem was ich wirklich bin, anzukommen.

Doch das hier ist so völlig anders.

Das bin ich und nicht mehr ich. Das ist dieses Verschmelzen: ich und er und nicht mehr ich und er.

Gleichzeitig alle Realitäten auf einmal. Sich seiner Körperlichkeit bewusst sein. Miteinander reden. Gleichzeitig in dieses Eigentliche eintauchen.

Und wir waren so ganz selbstverständlich in all das eingetaucht, gemeinsam.

Je öfter wir uns trafen desto ... "stabiler" wurde diese Realität.

***

Sind Hass-Erfühlte je in solche Ebenen getaucht? Kann man tauchen und hassen?

Es wird gesagt: Wenn man singt, kann man keine Angst haben.

Gibt es angstvolle Lieder? Es gibt traurige Lieder. Schwere. Aber diese berühren uns, berühren unsere Seele.

Kann die Seele Angst haben? Oder kennt nur das Ego Angst? Können wir nur in Angst gehalten werden, solange wir im Ego sind? Sind wir in Liebe, sobald die Seele berührt wird?

Sind Hass-Getriebene in Angst oder in Liebe? Oder ist Hass ein ganz eigener Raum, in dem man weder in Angst noch in Liebe sein kann?

Wechseln Hass-Getriebene zwischen Angst und Hass? So wie wir zwischen Angst und Liebe wechseln?

Fühlen sie sich nur im Hass lebendig? So wie wir uns nur in Liebe lebendig fühlen?

Wäre es dann überhaupt möglich, sie aus ihrem Hass zu holen? Wenn sie sich nur dort lebendig fühlten?

Ihr seid der Mensch.

Ihr seid nicht,
was man euch glaubend machte.

Niemand ist besser oder
schlechter.
Niemand ist gut oder schlecht.

Ihr seid der Mensch.

8. Kapitel

Es ist Ostern. Ich habe frei. Ich kann Menschen ausweichen.

Alltag ist sehr zwiespältig für mich. Es ist nicht, dass ich Menschen nicht mag. Es ist, dass ich Grobheit nicht gut vertrag.

Für den Alltag muss ich mein wahres Selbst gut einpacken. Weniger empfindsam machen. Was mich gleichzeitig gröber werden lässt.

Weder möchte ich so wenig spüren. Noch möchte ich so grob sein. Und doch habe ich noch keine bessere Möglichkeit für mich gefunden.

Und selbst den wenigen Menschen, denen ich unverpackt begegnen kann, auch wir müssen uns anfangs annähern. Auch unsere Welten haben Schwellen.

Anders mit Putin. Dem mir anfangs Fremden.

Es gab das eine Treffen. Er war unruhig. Konnte nicht abschalten.

Trotzdem gab es keine Schwelle. Es war eher so, dass wir sonst auf super glattem Asphalt mit Rollschuhen fuhren. Und dieses Mal der Platz voller Kiesel war.

Nur das letzte Treffen, da ging gar nichts. Da war als hätten wir beide die Schotten dicht gemacht. Was sicher auch den Umständen geschuldet war.

Aber es ist weniger die Frage, warum es wann nicht klappte. Sondern viel mehr die Frage: Wieso es einfach klappte, als zwei völlig Fremde sich begegneten. Und wieso es mehrfach klappte.

***

Haben sich die Hass-Erfüllten ihre Welt selber ausgewählt? Haben sich die Liebe-Erfüllten ihre Welt selber ausgewählt?

Haben wir eine Wahl, bevor wir in dieses Leben eintreten. Oder nachdem wir in dieses Leben eingetreten sind?

Ich wurde in eine lichte Welt geboren. In eine lichte Familie.

Die Wende schien Rückschritt und Fortschritt in einem. Diese Welt war angstvoller, unsicherer, dunkler. Gleichzeitig waren die Möglichkeiten für spirituelle Entwicklung um so größer.

Der Übergang war hart. Die ersten Jahre traumatisch. Ich musste erstmal Halt finden in einer mir unbekannten Welt.

Und dann schien es aber keine Wahl mehr zu geben. Meine spirituelle Entwicklung begann. Ich hätte das nicht so bezeichnet und auch nicht gewählt. Es schien mich einfach immer nur weiterzutreiben.

Und erst rückblickend wird das Ausmaß meiner Entwicklung deutlich. Menschen die zum richtigen Zeitpunkt in mein Leben traten. Informationen. Seminare.

Ich denke ich hatte vorher eine Wahl getroffen. Hatte einen Plan für dieses Leben.

Ihr seid
meine Verkörperung.

Geboren aus reinem Licht.
Die Verkörperung reinen
Lebens.

Und es ist Zeit heimzukehren.
Die Welten zu vereinen.

9. Kapitel

Wenn ich also annehme dass ich einen Plan für mein Leben hatte. Haben dann auch die Hass-Erfüllten einen Plan für ihr Leben?

Worin würde das Endziel der Liebe-Erfüllten bestehen? Dass letztlich alle in Gott aufgingen?

Was wäre dann das Endziel der Hass-Erfüllten? In Satan aufzugehen?

Ist also die Annahme des Kampfes zwischen Gut und Böse, Licht und Dunkel, Gott und Satan real?

Oder ist selbst das ein großes Entwicklungsprogramm? Indem ich mich in jedem Augenblick meines Lebens stets aufs neue entscheiden kann?

Habe vielleicht auch ich schon viele Inkarnationen hinter mir? In denen auch ich auf der dunklen Seite stand?

Gibt es eine dunkle Seite, damit wir eine Wahl haben?

***

Wie real sind Realitäten?

Meine Entwicklung hat mir unterschiedliche Ebenen mit unterschiedlichen Realitäten offenbart.

Der Körper mit seinem Bauchgefühl. Der Verstand mit dem Ego. Die Seele, das Herz. Das Bewusstsein.

Und seit kurzem diese neue Ebene. Eine Energie die auch andere erkennen. Als uralt, ursprünglich benennen.

Diese Energie und Putin traten fast zeitgleich in mein Leben. Waren unsre Begegnungen erst in dieser Energie möglich?

Was bedeutet diese Energie für die Hass-Erfüllten? Ist es diese Energie, die das bisherige Gleichgewicht zum Kippen bringt? Was die Hass-Erfüllten immer offener agieren lässt? Weil sie keine Zeit mehr haben?

***

Wie real ist unsre Realität? Passen wir uns der Realität an? Passt sich die Realität uns an? Oder noch ganz anders?

Was ist diese neue, uralte Energie? Welche Realität beinhaltet sie?

Was ist mir, was ist mit uns bei unseren Begegnungen passiert?

Was ist es, was mich so aus dem Tritt gebracht hat?

Viele Welten sind bereits heimgekehrt. Erstrahlen wieder im wahren Licht.

Ihr seid eine der letzten Welten. Und es ist Zeit eure Dunkelheit zu beenden.

10. Kapitel

"Je öfter wir uns trafen desto ... 'stabiler' wurde diese Realität."

Bis zu unsren Begegnungen bin ich stets allein getaucht. Und ich war entweder Innen oder Außen. War entweder Hier oder Dort.

Jetzt öffnete sich ein Übergang. Wir waren Hier und Dort. Innen und Außen. Wir waren im Körperlichen, im Verstand, in der Seele, im Bewusstsein. Alles war ...

Gleichzeitig ist das falsche Wort. Die Realitäten waren nicht neben- oder übereinander. Es waren nicht mehrere Realitäten. Es war eine einzige alles vereinende Realität.

Es waren nicht mal die einzelnen. Es war als ob auch die einzelnen einer völlig neuen Realität entsprangen. Ich war ich und nicht mehr ich. Sie waren sie und nicht mehr sie.

Alles vorherige, einzelne schien verschiedene Ebenen der Illusion.

Und alles war so wahrhaftig. So wahrhaft real. So in seinem wahrhaften wahrhaften Selbst angekommen. So wahr dass es weh tat.

***

Was bringt mich so aus dem Tritt?

Der Zugang ist nur gemeinsam zu betreten. Egal wie weit sich ein Einzelner spirituell weiterentwickelt. Er kann nur gemeinsam betreten.

Mir allein ist der Zugang verwehrt.

***

"Je öfter wir uns trafen desto ... 'stabiler' wurde diese Realität."

Anfangs schienen nur wir in dieser Wahrhaftigkeit. Doch je öfter wir uns trafen, desto ausgreifender schien diese Realität zu werden.

Am beeindruckendsten erstreckte sie sich, als Putin mir ein Stück seines Russlands zeigte.

Diese Realität schien auf die gesamte uns umgebende Natur überzugreifen.

So ein bisschen wie dieser kurze Übergang, wenn plötzlich der Frühling beginnt. Wir haben dann die Wahrnehmung, dass alles viel strahlender, lichter, lebendiger ist.

So ähnlich, nur unendlich viel wahrhaftiger, war plötzlich die uns umgebende Natur. Als Putin schon eingestiegen war, schaute ich nochmal zurück. Da war einfach nur "Natur".

Diese Realität scheint wahrhaft Zugang in unsere "Realität" zu haben. Zumindest wenn gemeinsam jemand den Zugang öffnet.

***

Bisher schien Spiritualität mehr was für den Einzelnen. Der Einzelne tauchte in die Spiritualität ein.

Diese Energie möchte in uns eintauchen. Uns in ihre Energie eintauchen. Uns in unsre wahre Realität eintauchen.

Es ist nicht mehr an euch,
diese Entscheidung zu treffen

Der Spieltag neigt sich
dem Ende.

Kehrt heim und genießt
den lichtvollen Abend.

Nachwort

Wie geht es mir? Jetzt wo ich das Eigentliche angegangen bin? Ich bin ruhiger.

Vorher hatte ich das Gefühl, dass ein Stück meiner selbst nicht mehr da sei. Unwiederbringlich verloren.

Es ist noch immer weg. Aber jetzt habe ich Hoffnung. Gewissheit. Es wird kommen.

Und wenn es kommt, wenn diese Energie kommt, wird sich ALLES ändern.

***

Was wird das mit den Hass-Erfüllten machen? Interessante Frage. Was ist die wahre Realität dieser Hass-Erfüllten?

Werden sie noch einen Platz in dieser neuen Realität haben? Oder werden sie in eine andere Realität entrückt?

Und wenn sie noch einen Platz haben werden, wer werden sie sein? Hass wird in dieser neuen Realität keinen Platz mehr haben.

***

Was wird mit den Verletzten, den Trauernden. Was mit all den gebrochenen Herzen?

Diese Energie ist so magisch, so unermesslich. Sie wird heilen. Heilen heißt nicht: vergessen. Heilen heißt: in Dankbarkeit auf seine Vergangenheit schauen können.

***

Wer wird dieser Energie den Zugang eröffnen? Gemeinsam? Ich weiß es nicht. Wir haben ihr mehrmals den Zugang eröffnen dürfen. Gemeinsam. Putin und ich. Es wird andere geben. Denn wenn es uns passierte, wird es auch anderen passieren.

Und so unbedingt, wie diese Energie Zugang zu uns will, bin ich sicher: Selbst wenn wir es nicht schaffen sollten, sie wird es schaffen. Sie wird Zugang zu uns finden. Uns in ihrer wahren Realität erstrahlen lassen.

***

Was hat diese Energie mit mir gemacht? Ich habe einen Blick in die Zukunft werfen dürfen. Und ich kann es kaum erwarten, dass diese Zukunft beginnt.

Und doch ist da im Moment dieser Schmerz, dieses Getrennt-Sein von mir, von meinem eigentlichen Sein.

Und so schön wie das Eintauchen in feinere Energien ist, um so schmerzhafter ist das Auftauchen, das Erstarren. Dann wenn kaum noch Energie fließt.

Wenn diese Energie kommt, wird es kein schmerzhaftes Auftauchen mehr geben. Das jetzt ist die Illusion. Ich tauche jetzt in der Illusion auf. Dann werden wir in der wahren Realität schwimmen: Im Himmel auf Erden.

Sehr geehrter Wladimir Wladimirowitsch.
Ich danke Ihnen. Auf bald.
Ihre Anna K.

ANNA KARENINA

Aus den Augen der Liebe ist das Leben ein wunderschöner Ort. Liebe liebt die Menschen. Liebe liebt das Leben. Liebe ist auch traurig.

Aber was ist Trauer? Das Loslassen von Vergangenem. Nichts wehrt ewig. Wir können hegen, pflegen. Und irgendwann loslassen.

Den geliebten Menschen. Die geliebte Sache. Unser geliebtes Leben. Um uns aufzumachen zu neuen Welten, zu neuen Erfahrungen.